吟味孤独

——致胡杨

高磊 著

西泠印社
出版社

癸巳秋月雨亭自题

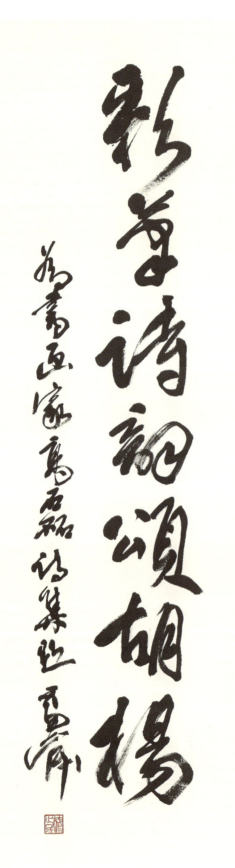

新華詩韻頌胡楊

為畫家高石銘詩集題 雷正民

高磊艺术简介

　　1969年生,河南省西华县人,别署宜山堂、以一斋、如斋、清和画馆等。中国美术家协会会员、中国书法家协会会员、中国工笔画学会会员、北京工笔重彩画会会员、河南省诗词学会会员、西藏印社社员,中国书画市场报艺术总监、人民日报社神州书画院特约书画家、江苏理工大学刘海粟艺术学院特聘教授、北京海峡两岸书画家联谊会理事;毕业于中国艺术研究院研究生院花鸟画课程班。近年秉承古训,广泛游历,饱游沃看,潜心创作,先后创作了中国画工笔《金秋稔风》系列、写意《胡杨颂》系列,并推出胡杨诗集《吟味孤独——致胡杨》和《高磊篆书道德经长卷和道德经印章60枚》《高磊篆书朱柏庐治家格言》《中国当代艺术名家风范——高磊》等画集多种。

目　录

序

诗　文

评 文

书画印

后 记

序

高磊是我多年的青年朋友，初识于广州白云山下他个人的画展。知他是三会会员（中国美协、中国书协、中国工笔画协会），并擅长金石书画。特别是他的花鸟画，注重传统，基础扎实，技法创新大胆洒脱，画面清雅灵动。然余不知其工诗，近日得其诗作《吟味孤独——致胡杨》，逐首研读，心情很是感慨，值得一读。我认为，一个高水平的书画家，文学功底，特别是诗词应该具备相当水平；否则，总觉有些遗憾。诗、书、画、印兼擅才是高水平的。高磊诗作证明了，他是一个全才的有作为的青年书画家。

他的这本诗歌专集，采用现代或古体两种体裁来赞美讴歌大漠圣灵胡杨树，表达了他对胡杨的坚定、顽强、雄壮的崇敬。体现了他对生活的热爱、生命的珍惜、自然的敬畏之深情。余曾去过额济纳旗全国闻名的胡杨林，见到的景象与高磊一样，心情无比激动，大漠苍苍兮巍然立，黄沙漫漫兮翠绿生，寒风萧萧兮死不离，寥宇浩浩兮神永存。三叶替生，子孙共室，四季形异，成自然大景。正如高磊诗中所述："横卧千载如龙躯，长眠沙原铸奇迹。秋风干裂锐气在，风饕沙埋孕神奇。"写出了胡杨树的风骨与品格。

诗歌是中华文化的奇葩，从古至今没有哪一个国家能像我们这样钟情于她。且行且吟，蔚然成风。到了现代，更是蓬勃地发展。千家诵韵，万户兴诗。但是现代出版的诗集很多，专集性很少。高磊以胡杨树为主题，从自己之所见、从感、问、祭、忆、梦等方面进行艺术创作，成为专集，实为难得。从立体层面歌颂胡杨，使我们更加体会到胡杨之美。一个艺术家的作品，书法是筋骨，画作是颜值，诗歌是心灵。"诗言志，诗言情"是最好的注释。高磊的胡杨专集得意于心而发之于声，绝不袭古模拟。贵在真情流露，是从心底奔流出来的歌，以畅达心思。读后有豪迈之感、清芳之香。

在诗集即将付梓之时，应其之嘱，欣然提笔写这些话，若有不妥之处，请斧正。在这中国文化大繁荣大发展的时代，希望高磊进一步发扬胡杨坚韧不拔的精神，继承创新使其诗、书、画、印四花共芳，做一个成功的优秀的人民艺术家！

乔纯章
2017 年 2 月 23 日

胸有诗书气自华

——写在高磊《吟味孤独》出版之际

文 / 李优良

中国是诗词的国度，我们的文化渊源可以从《诗经》中展开，我们的祖先在辛勤的劳动之余，以这种优美的表达形式抒情达意，他们在从自己的内心求得生活中的无限美好。诗不仅是言情，亦能叙事，更能传文，因而我们文化艺术中的诗词在唐宋之际便形成了，一座人类文明的丰碑而矗立于世。也正是这种滋养，孕育着所有的艺术之美。我一直在想，诗情画意中的诗情到底是一种什么样的情怀？什么样的情感？什么样的情景？而这种诗情除了文字的表述之外，大概也只有绘画才能更形象地表述吧，我在想绘画中没有诗的意境该是什么样子的。古人为什么说一个文人追求是"诗、书、画、印"为一体，为什么诗排在第一位呢，我想还是有一定的理由的。看过高磊先生的很多画作，说实话画得不错，但从画的本身讲我并没有太多的感觉，说实话现在的画家太多了，没有独到的内涵和水平，让人能关注的真的很少。有一天高磊兄拿来一叠诗稿，说要出版，让我给写一个序言。我一看心里一下子激动起来，等我激动过后，还是平静了下来，一直没有动笔，这一拖就是近两年的时间。

高磊先生和我是河南老乡，我曾邀请他到马来西亚参加我院组织的中马建交四十周年的文化交流活动。虽接触的时间不长，但他的为人真诚和深厚的艺术造诣还是让我很敬佩，但当时只是觉得他和时下的一些画家一样，抹几笔了事，而没有从深入文化的角度来审视他的作品。如今他要出诗集了，让我着实大吃一惊，画家写诗或诗人作画应该说最平常不过了，可在今天却让人另眼相看。诗人这个字眼添加到高磊先生身上，别说，读了他这些文字你才会真正走进一个艺术家的内心世界，读了这些文字才让我再次品味高磊先生的画作。我在想什么样的艺术才是真正的艺术，其实这样的问答早就有人回答过了，那就是真、善、美。这种真是纯真、真实、真切，而这种真又是生命的纯真和纯朴，把这种生命真实的一切用美妙的语言吟咏出来，那该是一种什么样的感受。读高磊先生的诗，您会有不同一般的感受，在戈壁沙漠，在生命禁区，那绿色的一丛生命对着苍天和黄沙，呈现着不屈的精神，他们用生命在这里装点一抹绿色。我们人类何尝不是如此。大漠胡杨生命虽去，千年不倒，倒了千年不腐，这是一种什么样的境界？我们歌唱它，我们审视它，这是人类对生命自身的一种思考。中华民族为什么会有上下几千年延续，因为我们有屈原，因为我们有李白，因为我们有文天祥，我们始终有激涌不息的生命追随，我们有诗歌的生命咏唱。

艺术作品是生活的催化剂，它不仅是艺术家艺术语言的实现，更是文明传承的载体，也是艺术家美好心灵的呈现。蔡元培先生说过，教育分三种：智育、德育、美育，其中美育才是最高境界。一个有着诗意的空间式的生活，那将是什么样的感受？一个人只有心灵的美好，他才能感受到美好的世界和美好的生活，所以古人讲"艺为心画""境由心生"，而我们的民族从诗歌出发一路走来，才有了"四大发明"，才有了"唐诗、宋词和元曲"。我们的内心有诗词的流淌，因而我们以诗词的美境来看待生活和世界。高磊是在天地间行走的一个诗人，用他对天地的敬畏化成生命的礼赞。一缕夕阳、一阵晚风、一片胡杨都化成笔下那涓涓细流，让我们陶醉，让我们品读，更让我们向往，他咏唱的身影依如诗中的行者，孤独而沧浪。诗歌就是大漠孤烟下的脚印，走向了远方，我突然想起一句诗："自古吟者多寂寞。"是的，不经历天际的漂泊，不经历边塞的苍凉，不经历荒无人烟的孤寂，怎能体验出生命的苦涩和无常？用生命咏唱的人注定是孤独的，这种孤独是一种承受，是一种担当。高磊在字里行间倾洒着生命的激情，消耗了岁月的年轮，读他的诗句，你可能会泪流满面，你也会激情高涨，最重要的是独上高楼的那种惆怅。高磊的诗有律诗、古绝，有散文诗、长短句，独具一格，别有风尚。可见他对这种文体的把握，而这些诗与他的书画作品接壤，更显得诗情画意，于画于诗，相得益彰。

今天终于提笔写此，心里还是有一些惶恐，为他人写序实不敢当，一是还没到为他人写序的年龄，二是自己知道在这方面的分量，三是自己深知文理浅陋有失翰光。高磊兄再三嘱托，只能恭敬不如从命，聊写数语，以此为祝，以表心声，以期抛砖引玉。

是为序。

作者为：《人民艺术》主编、人民艺术创作院院长、北京大学访问学者、国家新闻出版广电总局质检专家、中国书法家协会会员、中华诗词学会会员

诗文

吟味孤独——致胡杨

导　语

　　在沙漠深处，戈壁腹地，千姿百态的胡杨林如坐如卧，如奔似驱……浩荡之气难掩其真。其躯体或雄壮深沉，或怪异奇诡，枝繁交错，密不透风，俯伏偃昂而气脉贯通，清晰朗润，苍辣莽荡充斥其间。使你身临奇境，如醉倾倒不知所措且难以言表，只顾狂奔着，呼喊着，手执相机狂拍不已，一点、一面、一枝、一叶、一萢全都好奇地关注，动的、静的、风吹草动全然不觉。此时的世界静极，多了些古朴的真味儿，单纯和明净，泼辣与狂野并存。诸多的词汇一时难以表达你我在天地间的分量。

　　现代人热爱生活，珍爱生命，向往原始，倡导绿色，崇尚自由。如若看到雪中戈壁的胡杨树，怎能不有洞达天地的深情和感动，在时空穿越般的遥望中感受生命的真谛和向往……

高　磊

2013 年 5 月

感恩・叩祭

戈壁圣灵

千年的真诚
千年的祈祷……
在圣灵之上
没有信仰
在无畏的边缘
谁是真宰

一切都化成了真空
湮灭了千年之前的甄别
一切都幻作无语
默念着千年之后的诠释

我感恩上苍
跪埋着无尽不息的呐喊
无穷无息的狂奔
呼唤着大野的名字

人生苦短
难应千载之诘
在有你有我的亘古中
无求永世，但愿并行

祈祷——
跪拜——
瞻仰——
瞩望……
天的蔚蓝
已将一切化作
纯洁心灵的天空

沐浴圣光

大野疾风驰烈原，
戈壁荒漠滋圣灵。
浮仰天地任吐吸，
三千大千悟众生。

屹　立

山欲弥高树已苍，
枝摇风栖鹰激扬。
荒原走马壮士泪，
霜袭雪浸骨力张。
沙棘已隐征夫恨，
胡杨横亘古疆场。
黄叶飒飒金沙起，
碧空朗朗沐圣光。

奇　迹

横卧千载如龙躯，
长眠沙原铸奇迹。
秋风干裂锐气在，
风餐沙埋孕神奇。
天纵豪情驰莽原，
地设沙场主戈壁。
终老难负天公泪，
胡杨不倒精神立。

风云际会

天似穹庐树若盖，沉寂冷旷霜雪皴。
多少风月隐戈壁，沙砾难掩其情真。
古道苍茫迹未绝，鹰隼常伴千岁根。
谁来护佑圣灵在，天风洗尘作四邻！

胡杨祭

那一声呐喊
那一声苍凉
在荒凉的戈壁
横卧着凄美的胡杨

寂寞的月光从沙丘边悄悄升起
大野的疾风狂热地吸允着贫瘠的土壤
千百次的操戈
无数次的生长
只看见寒风中猎兔的跳跃
和远处骆驼刺的摇荡

胡杨静静地矗立着
见证着春夏秋冬的更迭成长
春天的复苏
是迎接夏日灼热的讯号
秋日的绚烂孕育着冬日的苍茫和激扬

天底下的因果
在这里静默伫望
甚嚣尘长的爱恨情仇
在这里被融化成万古月光
遗落下千载梦幻和向往
只待大江东去、小桥桃红
搅拌着一掬饮不尽的
曲水流觞……

你的故事里没有温柔

你的故事里没有温柔
你是千百年成长的事物
在风之上
你的孤独与生俱往
曾经沧桑
你的历史没有人记载
血与火的磨练
不是你对结局的向往

你的孤独
是天之注定
横亘于荒漠
你的故事里没有温柔
在沙丘之上示弱
在荒原戈壁逞强
你的性格
是怒吼的沙尘
将灵魂恩赐给了长风

烈空下你拥抱大地的情怀
绵绵情浓
偶尔飘来的几片雪花
愈加扩展了你的孤独困窘
你的故事里没有温柔
你的胸怀是感恩
让世界懂得生命的意义！

昂　扬

我不需要非分的奢望
我不需要怜悯的目光
只要有天穹的高耸
只要有内心的善良

凭借最初的梦想
依靠直觉而前往
关注着浮躁繁华和霓裳琳琅
目送着曾经历过绿洲的沧桑

从来没有与天比高的勇气
从来不懈怠对生命的渴望
金沙飞过了一阵又一阵
好大、好大
碧叶飘落了一场又一场
好黄、好黄

因为少有水的恩赐
金叶落地沙沙作响
一层层在沙的深处埋藏
那是对根系深深的祈盼
那是对生命故乡的仰望
那是信念铸就的灵魂
那是遥望故乡的梦想

我不需要非分的奢望
我不需要怜悯的目光
只要有天穹的高耸
只要有内心的善良
寂寞旅程里才如此斗志昂扬

往生境象

不能没有对往生的想象
不能依赖对往生的想象
无数遍般若禅的诅咒
希望来生今世的安详

有多少诀别的诗意
充实着过客的心房
想象着胡杨的空间
在新疆的北疆
初雪之后第一次看到
刀痕火起般的苍茫
弹孔百疮般的酷样
戈壁胡杨远离了繁华
寂寂的风雪覆盖在它身上

乍见愕然
放开胆子奔跑仰望
没有去想它往生世界怎样
不知道它最初的忧怀感伤
那时候的西域之外
还不知道唐朝的玄奘
只有后来的脚印证明
戈壁上的叹息
胡杨树下的乘凉
执着于信仰
永不迷茫

古道焕发着生机
也在孕育着不可抗拒的力量
开启三世过往的智慧
保持淡定安持的端庄
默默潜行
超越凤凰涅槃般的向往

没有想象就没有抗拒的力量
扒开雪渍
抚看匍匐的胡杨
开裂得没了枝桠
只有沙砾和雪渍陪伴
天与地的往生交接
驰骋着对根脉的想象
一茬茬的延续
一茬茬的相望
一茬茬的过往……

树 殇

有多少次跌倒
就有多少次站立
在没有多少水分的戈壁
胡杨穿越千年而挺立
挺立在不朽不倒的神话里
也许只有根须才能知道
它连接到遥远的海洋里

多少个春秋四季
多少个日月晨曦
你依然繁茂着你的向往
你永远仁望着风雷远去
你的诅咒是不弃
你的哲学是不屈
人来人往的迷茫
物是人非的迷离
你还是树的模样
风沙解读着你的善果
你的安持就是你的定力
你的淡定铸就你的神奇

从来没有注解
分摊你的苦寂
从来没有言语
标榜你的传奇
只有现代人的节奏
在你身边不断响起……

永 恒

千百年的生死轮回
轮回出你千百次的生死扭转
扭转着坎坷辉煌的生命传说
传说出一段段颠沛流离的驼铃
驼铃声声缭绕着梦幻般的绿洲
绿洲在远古的遥望里诞生着记忆

千百次驼队的经历
经历着千百次重叠的生机
生机勃发的寂寞旅程温暖着生灵
生灵因而迸发出一串串动听的歌谣
歌谣消融在悠远飘渺的时空
时空不断变换着不同的色彩

一直走到现在
你还没有苏醒
在不同季节的变奏中
摇曳着凝视——沙卷戈壁
屹立着伫望——裂云撕空
只有
坚韧主宰着戈壁的灵魂
荒凉蹂躏着戈壁的精神

天与地的传奇曾经在这里交汇
精神的永恒在这里找到了注脚
苍茫的胡杨是戈壁的主题
沙漠的性格都因你而张扬

你超越着时空
依旧是那番模样
你历尽了沧桑
仍然是这么昂扬

天地交接
残阳如血
你又重新闭上眼睛
让大野疾风尽吹
让永恒继续沉醉

遐想·问梦

致胡杨

我是太阳
你是太阳神
惠我以光芒

我是雄鹰
你是苍穹
待我以翱翔

我是松柏
你是天山
滋我以营养

我是沙棘
你是沙包
教我以摇曳

我是红柳
你是戈壁
助我以苍茫

我是天空
你是大地
济我以灵魂

我是浪子
你是流沙
赐我以温床

勇　气

我是雄鹰
向往蓝天的翱翔
你是草原
拥有辽阔的胸膛

天山雪水
终年奔流不息
无垠戈壁
隐藏着神秘的野性

劲拔的小白杨直插云霄
苍茫的胡杨林横亘千古
沙丘边干裂的苍柳啊
斗沙，伫立，遥望
思不断，理还乱
我恋，我歌，我舞，我狂
伸手拥抱戈壁
我期待朝阳

我把你的无垠带回家
凝固成无际的凝望
我的自信是你赐予的
从此
不再困顿、迷茫
只剩下无垠的勇气和眺望

啊！
赐予我灵感吧

当无垠的旷野撕裂

大漠野风的时候

当天山雪水交响的那一刻

让我们走近

彼此拥抱、交融

奏响生命中最华美的乐章

无　奈

兀立沙荒之地

挺拔在苍穹之下

匍匐在雪域之脊

只有雁声

没有驼铃

谁是真宰

在这荒凉之中

都显得苍白和无奈

缺水的沙漠也和泣血的胸膛

一样作无声的填埋

无法形容是我最终的注解

我祈求苍天

也在祈福大地

我祈愿灵魂

愿做成自我的埋藏

一体、一念

无畏、无私

尊宠、怜爱、叠加、累积

无限、无奈

在你成长的序曲里

梦幻的故事无法掩盖

哦，可怜的胡杨啊

愈加增长了我祈愿中的无奈荒凉

顽 强

山是无形的高
且只是沙丘而已
水是稀缺之物
依然茂盛且苍老的
只是胡杨千载的挺立

我是无畏的渺小
且只是因了胡杨
相拥着它们不意间的酸楚
很容易被它们傲立的胸膛带进如梦意境

人常说梦幻若诗
忘我的情怀
是生命对天地的扭转

阴阳空间的转换
是不意捉摸的网
因那雪域里的一缕阳光
照射在且俯且卧的
胡杨梢头我看到了希望
亦劝诫着身边的行者

不管风雨如何
当挺胸抬头
笑视人间

不　屈

卧似蟠曲的龙
昂如傲骨的松　挺像屹立的峰
因为这样的信念
坚定着我的性格

多少个千年之后
我虔诚地望着你倔强的蟠曲
不知怎么作全真的诠释

你是无声的符
沉默也是力量
你在蟠曲中积蓄向往
你是无字天书
再现的是沧桑
祈祷的是辉煌
你在襁褓里的故事
无法猜测
你的精神是痛着的成长

不忍心去打搅
你沉静的世界
可你却给我们的梦寐
带来了惊愕和舒张
别做疑惑我一生的胡杨
累积的痛在心里打转
或呼吸紧促
或血管扩张
真的！
真不想看到你这个样的成长

归梦魂

是千古的殇逝
穿越着时空的广袤
在寂静里的呐喊
也一时不能明了
望见你的震颤

从北京到保定
只隔一个时辰的路程
经殷墟跨黄河至商都
接八百里秦川是秦皇故地
由伏羲故里到陇西敦煌
而见戈壁
黄风拂地
沙暴尘荡
寂寞旅程里

隐隐胡杨
驰骋我千百次的想象

哦，归梦时刻
苍苍胡杨
让我畅想
车辙化泪痕
思绪任飘荡
不观风摆柳
爱看雪作裳

放眼四顾
无声——
张臂奔跑
旋转——
立定脚跟
回望——
回望——

今夕何夕

在沙漠边缘
你承载着戈壁的荒凉
岁月流逝
几叠沧桑
多少风雨匆匆忙忙
曾经远去的驼铃
渐行渐远
渐隐渐藏
千年以来
挺立于旷野
或立或躺
你无悔地匍匐在地
眼睛里却没有一滴泪的痕迹
你的瞳孔是干涸的
一如你皴裂的外衣
当周围只听见风的饕餮
淹没着你的哭泣
当沙丘的绿色依然退尽
掩埋着你的裙衣
裸露的脊背上
一只蜥蜴眺望着天的蔚蓝
知道你在地下留着
一直延伸的根须

我想问你——胡杨
可知道在千年以前
你也是为物所累么

相望寂寞

挺立于戈壁
遥望着蓝天
点缀着沙漠
胡杨树的泪腺早已干涸

坚定地屹立
深情地凝望
无声地执着
胡杨树孕育出猎猎的颂歌

天穹下的太阳炽热焦灼
胡杨深处的人们依然欢歌
一阵阵的风起
荡漾起几多传说
你深埋地下的根须
延长着时光过客

没有记载又如何？
只要还保留有你的贞诚
再荒凉的戈壁也有生命的郁勃
看着你的茂盛
那皴裂的皮肤难以形容
我领悟到你容忍着的荒凉
怎么在诅咒中诞生着寂寞
你一直激荡着的荒寐
总想让人热烈的眺望
眺望着探寻
澎湃在你心底的那条暗河

无形至上

你的俯卧偃仰
是前所未有的
你的神奇魅力
是无法忘记的
你的传说
靠近过楼兰姑娘的美丽
你的沧桑
见证过罗布泊的生机
你的青春
聆听过丝绸驼队的骨笛
你的迷茫
动摇过风餐沙砾的哭泣
覆盖、且覆盖着
直至覆盖到掩埋的深度
冷旷演绎着喧嚣
繁华被戈壁代替
延展着现代人的想象
憧憬绿洲
想象戈壁……
伫望你的时刻
向往远方
向往神秘
回望时空
回望神奇
啊，戈壁胡杨
你沉默着的坚定
回馈我们以无形的勇气

轮 回

沧桑和痕迹同在
遥望蓝天
对比你那稳固的身躯
苍茫且凝固

行者的旅程孤单且寂寞
却不知寂寞的味道
因为有你在身旁
戈壁胡杨……

戈壁的雪有时也会无声地飘落
增添了你的柔情
融化了你的沧桑
退守荒芜
坚守着上苍的使命
给造访到你的人们
深情的留恋和舒张

偶然有风
悄然的在你身旁掠过
烈烈柔柔的
总想让你的扮相沧桑
有时还挟裹着细小的沙粒
深深浅浅的
热情地填埋你的柔肠

夜晚来临
陪伴你的沙棘
摇曳着星光
编织着与枯草相互缠绕的梦境
容忍着日月星辰的轮回
坚定着春夏秋冬的歌唱

见 证

银莽莽，雾腾腾……
哦！
辽阔的戈壁没有一丝杂念

天地交辉
云霞潺缓
野草和杂树并生
葳蕤簇拥着枯槁
隐没于沙丘尽头
直到地老天荒

戈壁上的胡杨树
或岸然挺立
或就地匍匐
斑斑驳驳
苍苍茫茫
静静的
没注释也无休止

苍老且新生的力量
招引着跋涉者的梦
激荡的戈壁之风啊
皱裂着莽原之肌肤
看苍鹰在树杈上凝神
想象寂寞戈壁的风景
俯卧的胡杨像在祈祷
期盼今生来世的安详
诉求生命意义的过往

野骆驼的光顾若隐若现
如入秘境的飘来又隐去
憧憬着梦想和自然亲近
缘来缘往各有各的道理
不去寻问追梦者的理由
不可否定追梦人的情绪
也只有在想象的空间里
把三千大千想象得静美
成就着戈壁风景的永恒
营造着梦想创造着神奇

追忆·抒怀

立马戈壁

安得猛士，
壮怀沙场。
莽莽戈壁，
烈烈胡杨。
横亘荒漠，
吾思浩荡。
三千大千，
遗我神觞。
相融相济，
大漠风光。
戈壁风情，
情深意长。
理与情共，
相得益彰。
戈壁荒荒，
雪域茫茫。
天山冰雪，
滋我胡杨。
千古之情，
披肝沥胆。
逸我之情，
西域鹰扬。

寻找文本

在风沙的叹息中
你的俯卧无声
灵和肉的交织
只有沙知道
是怎样流淌

现代人的脚步来过
越来越近
你不信脚步声
继续安持且挺立无语
在风和沙的交接中
继续与时间探讨
和微博拉近

你与我，天地间
乃至到永恒
那是一瞬
永远也是苍白
心意也没了力量
你的专注
像老友般没有约定
随时
会到访心的领地
无须任何想象

千里之隔
没有穿越
到了荒原
就勇敢眺望

没了天空

不知如何匍匐

遥望蓝天

无语沉寂畅想

明白还有心灵的彗星

再次陨落

才是你的苏醒

我的愿望！

千年一吻

千载龙躯体态不同
千年命运与共呼吸
一个不朽的神话和传说
一种无言的叙事
和澎湃激昂，雄浑豪迈相映
一种热血的涌动
和沉默冷旷，辽阔沉寂接壤
这就是胡杨
千载胡杨
张开胸怀与天地拥抱的胡杨

沙包横亘
展现了大地的宽广
雄鹰高飞
证明了天空的明朗

多少岁月的叙说
躲不过风沙的侵袭
绵延不绝的深情
承载着几多铿锵的颂扬
啊，胡杨
一场穿越千年的吻别
见证着
千年屹立的胡杨
饱经沧桑的胡杨
无以言说的胡杨
无以复说的衷肠

过往

看了胡杨
没有终结
离开你的时候
只有马达声突突的
我在忏悔
看到你的摸样

那些靠近人类的羊群
似乎没人看管
在浅草中漂浮
洁白、枯苍
在树丛间游离
流云、金黄

尘土跌宕飞扬
似乎只听到归来的欢呼
没有感受到胡杨的沧桑
有些人因激情所至
一些人为欢乐而往
因为你胡杨的品格
三千年而立
三千年过往
三千年的朽狂

祈祷

我的爱
在你心中
横亘在荒原之上
绵延在
无尽的雪线尽头

那是胡杨树的性格啊
默默无语
连接着风雪走过的沙漠
或倒，或立，或侧，或卧
使得湖上的芦苇
少了摇曳，多了端庄
静侍在苍茫背后
少了色调，多了金黄

你的心
是沉郁的胡杨
洞达大地的深情
亦欣赏鹰扬碧空的清朗
跋涉在沙漠的深处
注视着醉人的神态
或动，或静，或激，或昂
湛蓝的天空，
不因你的荒寐
重复风沙的侵蚀
特意
将风雪飘落在你的怀中
以滋养千年的神话和梦想

我是天空

你是胡杨

在戈壁雪线下面

有无数的神奇被沙藏

或惊，或悚，或张，或狂

抚摸着你干裂的肌肤

顿然——

默念你当年的柔肠

伫立高坡

四顾回望

在无人企及的荒原

我的梦想与天地接壤

谁是亘古的儿子

请你跪下默祷

我之千年胡杨

无　言

风刮不走沙藏的历史
沙掩埋不了尘封的记忆
梦幻般的记忆
只有月光

你看那蟠曲的身姿
扭动的形态
高高昂起的头颅
——无言胜于一切

雷火摧不断千年遗恨
斑驳凝固成万古颂扬
凭空俯瞰
只有苍鹰
翱翔在无际的遥望中
从此
圣灵永存
精神不灭
天宇澄澈
铸就了戈壁的苍茫

天　堂

你在天堂是寂寞的
虽然你有茂盛金黄
你的天堂是热烈的
不因你的洪荒苍凉

自从有了天空
您的柔情成长为金黄
隐藏在牧人狡黠眼神里
老是看见羊跳尘荡

自从融进了沙包
你的热情沉雄苍茫
鹰隼从此化作你的眼睛
时空才是你真正的胸膛

云飞雪落的气场里
你在天堂里没有着落
多少个因果证明
你的雄壮就是天堂

西域印象

天山高耸入云端，
叠叠相加积冰凌。
上有龙鳞蓬勃出，
下伴大漠响驼铃。
灿烂至极生五彩，
清白戈壁洗苍鹰。
飞沙走石红柳固，
白杨飞花塞上风。
瓜果飘香歌四季，
颠倒梦想西域景。
前院遥望沙漠雪，
后庭流长坎儿井。
西去千里有乡音，
归来再叙胡杨情。

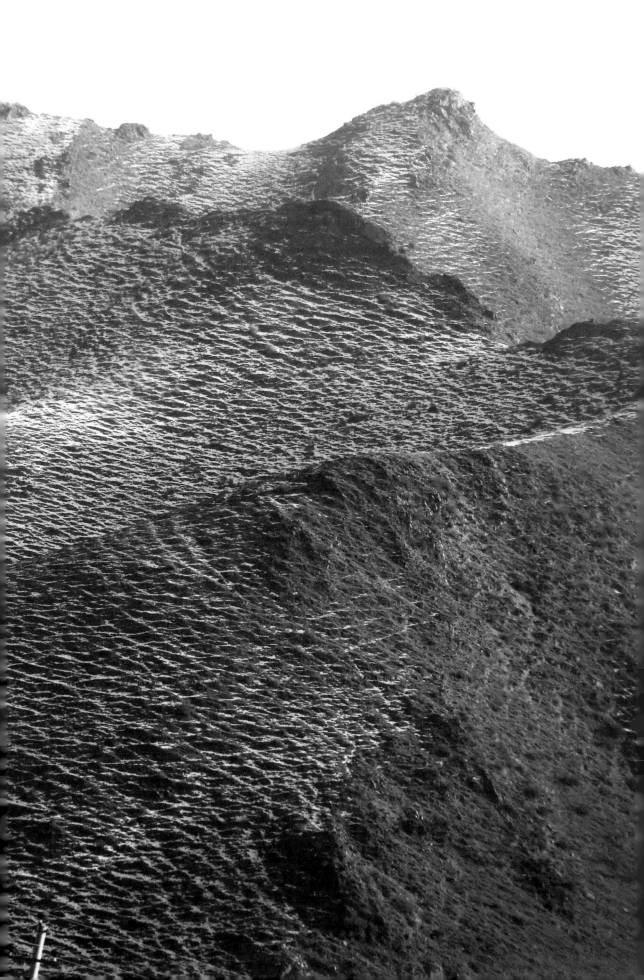

生命家园的蔚蓝

在沙漠深处
天地交接的边缘
胡杨林静静地耸立
我无法猜测到你的心思
像苍穹还是像海洋

你的深情
只有根知道
长长的根系一直伸展
延伸到泉眼的尽头
生长——挺立——不朽
过渡着千年不倒的神奇

多少个春秋冬夏
变幻着不同的颜色
生命的蔚蓝依然
簇拥着苍苍的胡杨
填埋着一串串脚印
游子般的愕然
浪子般的迷茫
赤子般的热情
向往着蓝天
憧憬着绿洲
思念着家乡

评文

吟味孤独——致胡杨

烈烈英雄　壮哉胡杨

——书画家高磊组诗《吟味孤独》小析

文 / 张华中

　　当今世界正处在大发展大变革大调整时期，世界多极化，经济全球化深入发展，科学技术日新月异，各种思想文化交流交融交锋更加频繁。这时，消费主义和物资主义像失控的脱缰野马在世界各地蔓延，虽然我们处在一个物资极丰富的时代，但我们的精神却是真空。对生存意义的迷失，价值的失落，让我们背负着沉重的精神枷锁。在诱惑重重的现实世界里，我们像蜜蜂一样巢进巢出，忙忙碌碌。为衣食、为利益、为欲望、为虚荣、为文化的种种危机，为灵与肉的分离痛苦。在生与死、情与法、活与被活、乐于被乐中挣扎、扭曲、抗争、放弃。我们渐渐变得麻木，变得远离我们的精神家园，成了一个无足轻重的局外人。但当我们试图揭开生活的表象，寻找生活的真正意义时，我们多么渴望有一种精神注入我们的骨骼，让我们在庸碌无为的日子里寻找"大风起兮云飞扬"的霸气，"白马饰金羁，连翩西北驰"的逸气，"中流击水，浪遏飞舟"的志气，"我自横刀向天笑，去留肝胆两昆仑"的豪气。这种精神实际上就是我们久违了的"英雄主义"。英雄主义的重提和再塑，对于今天我国社会主义核心价值体系建设，重铸中华之魂具有重要而深远的意义。

　　法国作家罗曼·罗兰说过："生活中只有一种英雄主义，那就是在认清生活真相之后依然热爱生活。"书画家高磊以充满激情和睿智的组诗为我们塑造了"胡杨"的英雄形象。让我们在无比虔诚、顶礼膜拜的情愫中感到诗人的英雄情怀。三十首诗中，为了便于更好地表达他对胡杨的赞美，既有自由诗，也有句式整齐的新古体诗。感情真挚，通俗上口，注重了诗的韵律美。不难看出，高磊从三个方面刻画了胡杨雄浑壮美的性格：第一，胡杨的孤独。他在《你的故事里没有温柔》中这样写道："在风之上 / 你的孤独与生俱往 / 曾经沧桑 / 你的历史没人记载 / 血与火的磨练 / 不是你对结局的向往。"英雄唯有孤独方显出"世人皆醉我独醒"、"拔剑击大荒，两眼皆茫茫"的英雄本色。第二，胡杨的无畏。诗人在《永恒》中这样描述："你超越着时空/依旧是那番模样/你历尽了沧桑/仍然是这么昂扬。"英雄只有无畏才让人看到"死去何所惧，托体与山阿"、"刑天舞干戚，猛志固常在"的视死如归精神。第三，胡杨的大器。诗人在《生命家园的蔚蓝》中赞美胡杨："我无法猜测到你的心思/像苍穹还是像海洋。"英雄唯有大器才能让人们感到"猛志逸四海"、"骞思远骛"的英雄气度。这一来，胡杨的性格便在高磊的诗句中栩栩如生了。他的摄影与诗更是相得益彰，珠联璧合。那一帧帧的摄影是对组诗最直观的诠释。通过这些各具姿态的作品，我们会感到胡杨像龙、像鹰，如虎似象。它会呐喊，会舞蹈，会张狂，会歌唱。你会感到那扭曲的岁月，绞缠的年轮，凝结盘绕在一起。那是生命火山爆发后的冷却，是热烈奔放后的沉思。皮肉失却筋骨犹在，以倔强之姿与风沙抗衡，用残缺之躯叩问苍天。迎晨曦娇艳，送夕阳苍茫，聆驼铃悠远，听骨笛衷肠。它像灵璧石，但比灵璧石更苍茫，更有内涵。它像沙漠中的布道者，又如沙海中的诺亚方舟，让人感到它"活着一千年不死，死后一千年不倒，倒后一千年不朽"的精神力量。

我们要真的感谢高磊用诗句和摄影把胡杨塑造得如此雄壮完美，令人向往，让人震撼。

赞美英雄是一种美德，学习英雄会让你的灵魂和境界得到升华，膜拜英雄会让世界充满信仰和力量。

博尔赫斯在一篇随笔中谈到生活的意义时，这样写道："你要一直待到这笼子里死去，以便一个我熟知的人能够多次看到你，忘不掉你，并把你的形象和象征放入一首诗中，这首诗在宇宙体系中有它精确的位置。你遭受束缚，但你将给这首诗提供一个词……"也就是说，我们来世上走一遭，至少得给别人构成某种值得回味和反思的东西，起码，我们的生命配得上我们人生中的一个词！

这个词是什么？我们该怎样去生活？高磊的组诗和摄影已给出了我们很好的答案！

2013 年 7 月 24 日于听涛斋

（作者为：中国作家协会会员、中国书法家协会会员、著名诗人）

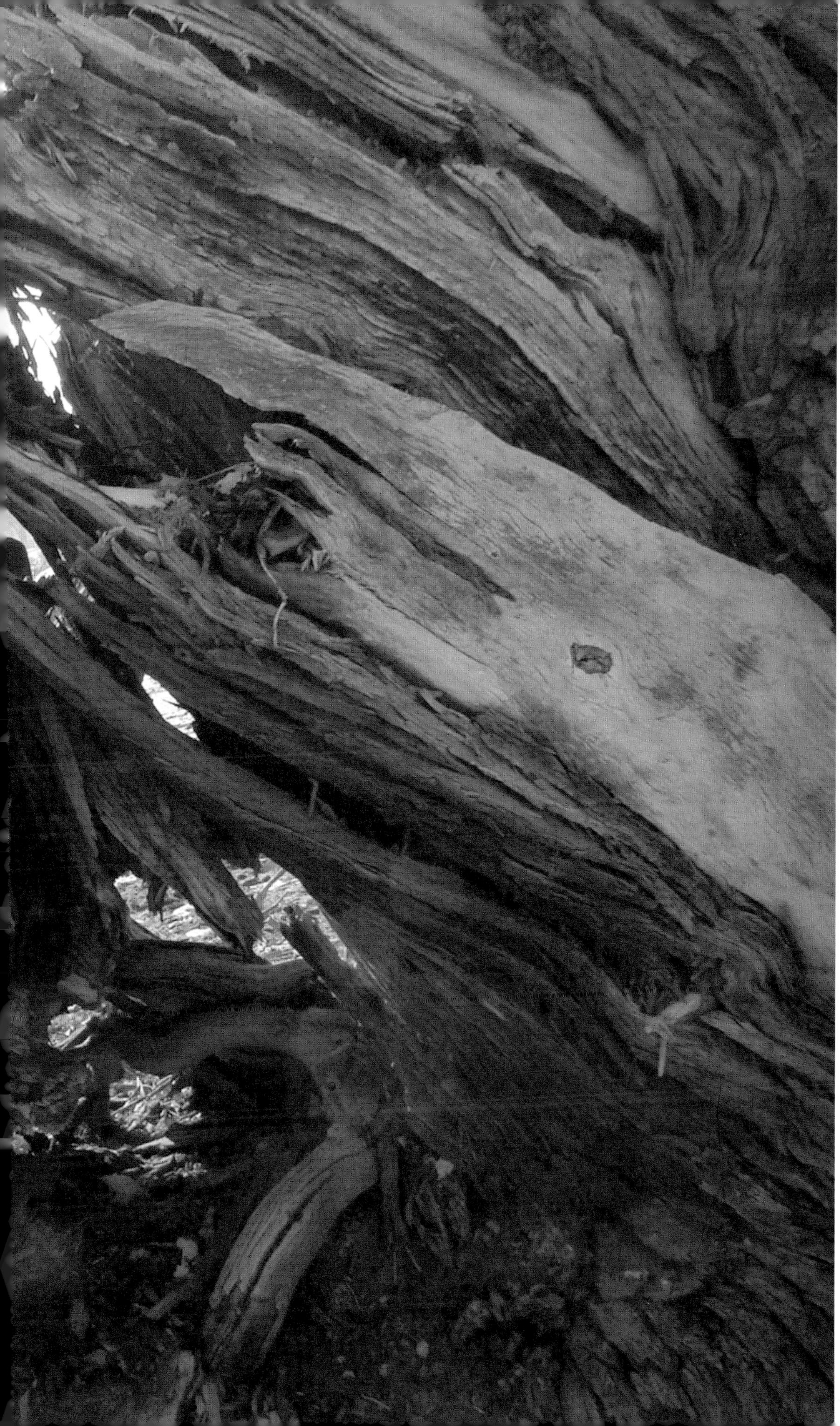

诗意是吟唱的灵魂

——读高磊和他的《吟味孤独》

文 / 郭亚东

"在沙漠深处，戈壁腹地，千姿百态的胡杨林如坐如卧，如奔似驱……浩荡之气难掩其真。"——《吟味孤独》

在诗集的开头导语中，诗人还这样写道："现代人热爱生活，珍爱生命，向往原始，倡导绿色，崇尚自由。如若看到雪中戈壁的胡杨树，怎能不有洞达天地的深情和感动，在时空穿越般的遥望中感受生命的真谛和向往……"

诗人高磊是激情的，也是感性的，当然诗人也是生活的，即永远忠于生活。在《戈壁圣灵》一节中，诗人真诚地表白："我感恩上苍，跪埋着无尽不息的呐喊，无穷无息的狂奔，呼唤着大野的名字。"

高磊首先是一位书画家，他的字端庄而又流丽，挺拔不失遒美，最能体现这一风格的就是铁画银钩般的小篆书法。有人曾以"纵横屋漏痕，遒丽锥画沙"的诗句赠他。信然！也许正是这句自然天成般的联语呈现的诗情和意象与他的文化审美心理结构发生了异构同质的对应和契合。我喜欢他的书法作品，更喜欢他的绘画作品。他的画作以花鸟为主，工笔细腻绵密，写意酣畅淋漓，以书入画，工写兼得。近年来，他的绘画作品多次入选全国权威性、专业性的赛事或获奖，实属难得。在这一组胡杨树的绘画作品中更加能看到高磊对戈壁苍茫的沉醉、崇敬与诗意的向往。

话题回到诗歌上，应该说高磊直面生活，走过山，越过水，痴心不改追逐梦想。读他的《祈祷》，我读出了跋涉路上的艰辛，成长岁月里的探索，泥泞路上的坚毅，阳光路上的思索。如"那是胡杨的性格啊／默默无语／连接着风雪走过的沙漠／或倒，或立，或侧，或卧／使得湖上的芦苇／少了摇曳，多了端庄／静侍在苍茫背后／少了色调，多了金黄。"他的《致胡杨》之五、六、七等都属于这类作品。

有人说，诗是语言的艺术，诗的语言是艺术的语言，是最纯粹的语言。如："你的传说／靠近过楼兰姑娘的美丽／你的青春／聆听过丝绸驼队的骨笛／你的迷茫／动摇过风餐沙砾的哭泣。"再如《往生境象》中写道："扒开雪渍／抚看匍匐的胡杨／开裂得没了枝桠／只有沙砾和雪渍陪伴／天与地的往生交接／驰骋着对根脉的想象。"比喻想象，生动且又韵味悠长。

乍一看，高磊的这组诗没有远离宏大的题材，其实，任何人面对戈壁、大漠、落日、胡杨，都无法避开天地之大美。但高磊没有将此遮蔽生活，而依然将思索停留在传统与现实的观照上，更进一步对生活进行诗意的探索与发掘。

高磊出生在豫东农村，农村生活简单而绵长，机关工作繁琐但理性，改变和塑造不一定是一个理儿。我和高磊是要好朋友，应该说在艺术上是有话则说的那种，不要遮蔽。高磊现在文联供职，可以说是一个准职业的艺术家了，我坚信正值盛年的他，在今后的岁月里，不仅能诉求着生命意义的过往，更应该能营造出梦想，创造出神奇。"容忍着日月星辰的轮回，坚定着春夏秋冬的歌唱。"

作者为：中国书法家协会会员、河南省作家协会会员、河南省
美术家协会会员

此情深处，红笺为无色

文/曼　畅

　　2008 年底，我读到高磊兄一组胡杨诗，被一种极致所震撼，他的语言诗意、苍辣，浑然而气脉贯注。今天听说他要出一个集子，写几句话在他集子出版之际以示祝贺！看到他带给我那厚厚的一叠胡杨照片和陆续写出的胡杨专题诗，才明白这是因他淳朴的思想和诚挚的情感所支撑。因为彼此熟悉，所以读他的诗不应仅仅从他的语言着手，而应从思想情感深处挖掘。一直延伸到其生命意识和丰富的人生况味深处，这与他厚实的语言功底及古典文学修养有着很大的传承关系。我始终认为做任何一件事情都是要有天赋的，从事文学艺术尤是如此，仅有天赋不付出劳动和辛苦，就言成功，世上从来就没有这种好事。高磊兄以画家的视角，徘徊于诗、书、画、印之间，二十多年的孜孜追求，他的作品不断入选各项展事，被人收藏，或被评论家所津津乐道。

当今诗歌，有时让人感觉很不可思议。一些作者仅仅靠些许激情（有些根本没有激情）和简单的技巧写诗。高磊兄身在诗外，却不靠技巧，而以感悟写下这些诗作，就有了他诗歌作品的气质，豪放的、豁达的、温润的、儒雅的、轻灵的、飘逸的、凝重的、狂怪的……这也如他的书画笔墨，阅读使我仿佛能看到笔者的神态、心绪、愉悦、舒畅，或者苍涩、悲愤。字里行间掩饰不住的那种心灵的颤动似乎比图片本身更生动，更有生命力。其实一个人的气质是与生俱来的，记忆里的有《版纳写竹》。"密阴匝地碧遮天 / 朝露滴翠江风寒 / 青衫罗布隐高节 / 直上云端效前贤 / 襟怀朗朗乾坤净 / 意趣融融深淡简 / 版纳风情常眷顾 / 雨林奇景多流连"——诗的风格、语言雅致、古朴，颇有唐宋余韵。正如诗中所描写的那样，他与虚怀劲节的竹神交，同竹一样"青衫罗布隐高节"，"襟怀朗朗乾坤净"，不为世俗观念所左右。他撰写散文《朋友的意义》，是为亦师亦友的庞曙光先生写的一篇怀念文章，文中有一挽联："箕城名师，园丁陨落天公有负才子泪；淡意文人，傲骨丹心容颜化作春风归。"——这副联把地方鸿儒的品行写实化，遣词造句，干净利落，其文字功底可见一斑。

高磊的灵感不仅表现在他的诗、书、画里，今天呈现我们面前的这些摄影作品，首先触动灵魂的是空间和角度的选择，让我产生的第一个直觉就是视角感受到的品位、品相。印象中一般拍摄胡杨树的人多喜欢选择在色彩艳美的秋季，因为秋季胡杨题材程式化的语言与技法多易产生较好的画面效果，同时此类作品也是深受世人欢迎的。而高磊兄选择更多的是白雪皑皑下的胡杨，可见他绝不是为了简捷获得成功赢得大家的赞美，更多的是他心中怀有高远的审美目标与心象追求。例如他胡杨系列之《见证》、《轮回》，画幅简单，看似漫不经心的主杆堆积和枝梢衍生组合出交错有致的画面，几粒朽败的木屑附于雪地之上，漫现其神，疏朗雅俊之间苍茫简逸而意趣悠远，气象别具而令人回味。还如他的《千年一吻》、《顽强》、《今夕何夕》、《无言》以及《立马戈壁》等都在默默地彰显其个性化的审美意象，且这种意象不是功利化的媚俗之图，也不是所谓风格化的自我宣示与表白，更多的是如他为人一般的平实、简淡而又充满智慧，清和、沉郁而又饱含真诚。正所谓相由心生，于高磊摄影，似而不似的造型写意更现得心与神游之际的那份超然之意与妙悟迁得，禅味初现，幻化其间。我们曾渴望命运的波澜，到最后才发现：人生最美妙的风景，竟是内心的淡定与从容。诗言其志，高磊兄通过搜妙创真，心中装满千峰万壑。眼中所见，心中有境。有了之前的基础，心中的境与大自然的景相通了，手下就流畅地表达出来了。如"大野疾风驰烈原，戈壁荒漠滋圣灵。浮仰天地任吐吸，三千大千悟众生。"（《沐浴圣光》）飞跃是向上的，超越理想，才能获得精神上的享用，在诗里我们品读到了宇宙本元之气的活化形态，恍若幻境般从无到有、从有到无，是一种模糊的精确。再将那些或生辣穿插，或圆融透映的光迹亮影在我们的视域中，一点点地照亮，然后融化，再照亮，再融化。《屹立》："山欲弥高树已苍，枝摇风栖鹰激扬。荒原走马壮士泪，霜袭雪浸骨力张。沙棘已隐征夫恨，胡杨横亘古疆场。黄叶飒飒金沙起，碧空朗朗沐圣光。"因为诗人有着与生俱来的悲悯情怀，这使他以更强的心灵感应去探知，以便物我交融，触摸自然，由此不论是空间还是角度，以热血奔涌的探险者的视角打量这里，为漠风下那些卑微无助的生命呐喊。在一首《胡杨祭》的诗中，尾节这样写道："遗落下千载梦幻和向往／只待大江东去、小桥桃红／搅拌着一掬饮不尽的／曲水流觞……"这是一个大意象，大西北，广袤、刚烈、苍茫，但在这首诗里他还给予了一种"静"。或许这样去感受比书法结体、笔法、线条以及绘画中的美学元素要有味的多，也更容易透过书法绘画去阅读艺术之外更广袤的空间。

他为人谦和、沉稳、真诚。平日艺友雅集时，他坐在中间说话不多，说话时微笑不断，偶尔出言也都是非常谦恭和中肯的。周围一帮弟兄经常围着他，虽然他年龄不是最大的，大家却能把他当大哥哥看。他能针对每个师兄弟的书艺都能拿出自己的见解并非常及时地提出意见，显露他的真诚和善意。真正的大德并不是对险恶一无所知，而是在经历过苦难之后，仍然保持着当初的善良，坚持着自己的原则。真正的爱不是单纯的给予，还包括适当的拒绝、及时的赞美、得体的批评、恰当的争论、必要的鼓励、温暖的安慰、有效的敦促。

2013 年 8 月 17 日初稿于馨雅斋

（作者为：河南省作家协会会员，中外散文诗学会主席团委员）

书画印

吟味孤独——致胡杨

戈壁苍生之一　68×68cm

戈壁苍生之二 138×68cm

戈壁苍生之四 138×68cm

戈壁苍生之五　68×138cm

戈壁苍生之六　138×68cm

戈壁苍生之七　138×68cm

戈壁苍生之八　138×68cm

戈壁苍生之九　138×68cm

戈壁苍生之十　68×138cm

戈壁苍生之十二　138×68cm

戈壁苍生之十三　68×138cm

戈壁苍生

吟味孤独

平安祥和 吉庆 美满 安康 幸福

丁酉 雨 石 博

祷　直径 85cm

胡杨诗之一　68×68cm

天生胡杨荟萃求冷
旷霜雷颟多少扇目丽光
辟沙砾难鏊蜒单鹰卓古踏
苍芒缺米绝殖辈伴民
岁根离来迁伺聖灵在页
扇涨尘化四辩

岁次丁酉秋月马燕

寒弥高树已著枝摇风栖鹰灏

扬荒原走马壮士泪霸骜雪浸骨

力张沙棘已隐纵夫恨胡杨横亘西疆

场莽茎茶剩 金风起碧空朗沐圣光

吟味孤独路胡杨系列 诗之一 丁酉金秋之雨金秋之燕书

余於公元二零零八年農曆戊子冬月赴新疆采風遇雪觀戈壁雪中胡楊遂作詩詠之計三十餘首今以攝影繪畫書法篆刻等結集出版特創作以紀念之

橫臥千載如龍貌長暝沙原鑄神奇
秋風千裂銳氣在風殘食沙埋甲奇迹
天縱豪情馳奔原地設沙場主戈壁
終老難覓天公筆胡楊不倒精神立
胡楊詩系列之一丁酉歲秋高鵠

豪 48×46cm

问梦　30×66cm

吟味孤独——致胡杨（代后记）

写下这个题目，胡杨的形影还在我心头颤动。

不是为了崇高才歌颂，我们也从来没有过卑微。只是因为看到了千年胡杨，且是在冷旷的戈壁之上，寂寞的胡杨横卧于雪中，它并不孤独，因为它的精神一直在延长着人们的视线，引领者人们的畅想。

二零零八年的冬季有机会到新疆，二十几年没有见面的班长耿新豫同学邀约用两天的时间去看看他们家前院的沙漠和后院戈壁的胡杨。当夜，赶巧迎来了新疆的第一场雪。第二天我们依然前行，往戈壁深处进发，一路欢闹，连叹戈壁的旷达。他们在边疆生活久了，既坦诚乐观又幽默亲切，把两百公里外的胡杨林和沙漠戏称为他们家的前后院！

之所以要把胡杨用系列写出来，都是灵感触发，机缘所致。在这之前深秋金黄色的胡杨我没亲眼见过，只是从各种图片中能感受到它的热烈，它的辉煌，但毕竟没有身历其境。我初次看到的胡杨横亘于大野的戈壁，无边的旷野，还有摇曳的红柳、高耸的白杨和被白雪覆盖的冰面与湖上静侍着的茫茫芦花，它们的介入增添了我对胡杨的了解和向往。原来在胡杨的周围，并不是完全的荒昧。待你看到了雪野中的胡杨，那种况味就再也难以复述了。没有金黄秋色掩映的胡杨之美更让人震撼激昂。当晚难眠，捉笔写下第一行文字，之后是不同情状的随笔流动，记录下那一瞬的永恒，却没有终止的机会。回到北京，有时坐车出行，有时是在难眠的夜晚作画累了浮想，还有清晨的寂静，忆念家乡时的情结和情绪低落时带来的莫名，都使我想拿起笔写下一些文字之类的东西。有时疏于懒惰，又因情绪所向，每当想起胡杨，总有一种心结，于是或多或少的寄寓于胡杨而诉诸笔端。以致后来想到倒不如定个目标，以《胡杨》为主题弄个系列出来，随性而发，凭感觉再现。初步先把诗写出来，待有时机再配以书画，诗画相映，聊表心声。

诗体大部分以现代诗歌为抒写形式，因为这样更能表达诗者的情绪和喷张的激情。因感觉使然也有几首不受古体诗规矩所限制的类型，所需者仍是激情，所要的既是诗者的感觉，又能够传达出心中意象。于诗句之间配以当时所拍摄的部分胡杨树的摄影作品，用黑白片的形式刊印出来，或许能增添些戈壁的况味、怀旧的宁静与沧桑的感觉。姑妄这样想来，就像这些诗句的出炉一样，且行且思，率性而为。

读清代画家八大山人的画，犹以幽、独、孤、冷来表达他对世界的认知和淡意。此刻仰看胡杨，其枝虽枯窘，却有弹性；其势虽曲危，而不失安持淡定宁静的气息。它们横卧于荒野戈壁，看似孤立无依，但似乎它们并不在乎要寻个依靠。在这大野之中，没有声张，没有干扰，没有欲望的寻觅，只有安宁和寂寞。八大山人有一首《题枯木孤鸟》的诗："闭门寂寂掩中春，坐看枯枝带雨新。鸟自白头人不识，可堪啼向白头人。"孤独非但没有给他带来精神的压抑，反而使他感到闲适和从容，感到挣脱一切羁绊之后的怡然。画家在用心告诉你，无论激昂也好，忧寂也罢，一切事物都有其外在的表象和内在

的精神意向。就像石隙间的一束小花，从容地生长，自由地开放，无言地沐浴着阳光，绽放着自己的生命。危是外在的，宁定却是深层的。外在的危可以超越，而生命的尊严是不可沉沦的。胡杨的精神就像八大山人的格调，它不是要跟世界角逐，它只是强调重视生命的尊严，予生命以赞许。

梦随风万里，鸿飞影不灭。偏于执著，就像是戈壁胡杨的守望，看似孤单却因为风霜而蕴藏了无尽的想象。淡定坚守，就像是风中的胡杨般昂扬，拿捏一把逸气，养一片幽淡、闲远心怀，才别有意味。反身内自观，此心同太虚。戈壁上的胡杨遥远得就像是传说，它在沙漠上的孤独，神秘且荒率，令人冥想神往。上承亘古而玄远，下接现世的欲望和未来的迷茫。书成此记，难免再发慨叹，我想它应该是天地间的大美吧。

《吟味孤独》作为个体心性的感悟是一次信马由缰的文字之旅，作为画者的阶段体验，其中的轻狂和粗率亟望方家道友斧批。即成此书也一定要向给予我一路相助和鼓励的老师、朋友们道上衷心的感谢！他们有中国美协原党组书记、美协秘书长雷正民先生为拙作题的贺词；诗人、书法家乔纯章将军的砥砺和厚爱，并热情为小诗作序并提出了宝贵的意见；以及北京大学特聘教授、人民艺术杂志社社长李优良先生的精美评论；作家、诗人、书法家张华中老师的热情品评；作家、书画家、道友郭亚东兄带病躯乐意属文；散文诗名家曼畅兄的鼓励和期许；还有北京翰墨东方书画院院长张东辉先生、北京世纪龙腾文化传媒有限公司扶超先生、河南梦威酒店有限公司徐常德先生的鼎力支持和激励等。都令我感动至深！都是缘分的缔结和真切的情谊才促成了此书的形成和出版。在此向他们表达深深的谢意！

高　磊

2015 年金秋于北京

图书在版编目（ＣＩＰ）数据

　　吟味孤独——致胡杨 / 高磊著. -- 杭州 ： 西泠印
社出版社，2017.12
　　ISBN 978-7-5508-2260-3

　　Ⅰ．①吟… Ⅱ．①高… Ⅲ．①美术－作品综合集－中
国－现代 Ⅳ．①J121

中国版本图书馆CIP数据核字(2017)第322788号

吟味孤独——致胡杨

高 磊 著

出 品 人　江 　吟

责任编辑　姚建杭

责任出版　李 　兵

出版发行　西泠印社出版社

制　　作　杭州三希堂书画院有限公司

印　　刷　杭州东联广告印刷有限公司

版　　次　2017年12月第1版
　　　　　　2018年3月第2次印刷

开　　本　787×1092毫米　1/16

印　　张　7.5

印　　数　1,101－3,100册

书　　号　ISBN 978－7－5508－2260－3

定　　价　158.00元